Annemarie Nikolaus: Ustica.

Annemarie Nikolaus

Ustica

Krimi-Kurzgeschichte

»Nina, schau, das sind die Farben der italienischen Fahne. Ihre Piloten sind die besten.« Manni half seiner kleinen Schwester, sich auf die Fensterbank zu knien. »Wenn ich groß bin, werde ich auch Italiener!«

Von ihrem Hochhausfenster blickten sie ungehindert bis zum Luftwaffenstützpunkt, auf dem die Flugschau stattfand.

»Die malen ja den Himmel bunt!« Nina klatschte begeistert in die Hände. »Oh wie schön. – Mammi, sieh doch nur!«

Laura ging zu ihren Kindern, die mit leuchtenden Augen die Manöver der Kunstflieger verfolgten. »Das ist die Staffel der *Frecce Tricolori*.«

Ein Flugzeug verließ die Formation, schraubte sich empor, wendete und flog den anderen in einer weiten Schleife entgegen. Plötzlich explodierte der Himmel in einem Feuerball, der die Sonne überstrahlte.

»Weg!« Laura riss Nina von der Fensterbank.

Dann kollidierte der Solo-Pilot mit einem der entgegenkommenden Jäger; Metallbrocken flogen durch die Luft. Die Scheiben klirrten.

Laura stieß die Kinder zu Boden. Nina schrie auf.

Im nächsten Augenblick gerieten beide Maschinen in Brand. Brennende und qualmende Wrackteile stürzten vom Himmel.

»Nicht weinen, Schätzchen.« Mechanisch wischte sie mit dem Ärmel ihres Pullovers Nina die Tränen ab.

Die Fenster waren unversehrt; langsam richtete sich Laura auf und lugte über den Sims. Dichter, schwarzer Rauch stieg draußen hoch.

Sie stürzte zum Telefon. »Laura Schreiner hier. Michael, eben ist ein Kunstflieger in der Luft explodiert. Mach eine Seite frei: In einer Stunde bin ich in der Redaktion.«

Die Kinder saßen auf dem Teppich; Manni schluckte heftig und umklammerte seine Schwester.

Einen Moment zögerte Laura; aber sie hatte keine Wahl. »Du passt gut auf Nina auf, ja? Ihr geht nicht aus dem Haus! Mammi muss kurz arbeiten gehen.«

Nina begann zu weinen. »Ich habe Angst.«

Laura kniete sich neben sie. »Ich hole Frau Breiner. Und Papa wird auch bald da sein.« ‚Hoffentlich‘, dachte sie, während sie nach ihrer Fotoausrüstung griff und die Treppen hinuntereilte. ‚Wer weiß, was da draußen los ist.‘

***

Beißender Qualm wehte Laura entgegen. Sie musste bald das Auto stehen lassen. Es stank nach Verbranntem und sie bekam einen Hustenanfall. An brennenden Gebäuden vorbei, zwischen Feuerwehren und Ambulanzen hindurch, erreichte sie das Flugfeld. Soldaten hatten es bereits weiträumig abgesperrt. Sie hängte sich ihren Presseausweis um den Hals.

»*Stop, Ma'am.*« Ein Militärpolizist hielt sie an.

Laura zeigte auf den Presseausweis. »*Newspaper.*«

Der Militärpolizist schüttelte den Kopf. »*No media, Ma'am. Military area.*«

Aus einer zerstörten Tribüne ragte das Heck eines Flugzeugs. Gegenüber lagen mehrere Verletzte am Boden. Der Rauch trieb Laura Tränen in die Augen. »*I'm a journalist!*«

»*No media*«, beharrte der Soldat.

Aus den Augenwinkeln sah sie, dass Militärpolizisten einen Notarztwagen anhielten. Darum beschloss sie nachzugeben und ging zur Ambulanz hinüber.

Bevor Laura sie erreichte, stiegen der Arzt und die Sanitäter aus, aber die Soldaten ließen sie nicht passieren. Der Notarzt schwang lauthals protestierend seinen Rettungskoffer und versuchte, sich an ihnen vorbeizuzwängen. Vergeblich; sie hielten ihn fest.

Ungläubig sah Laura einen Moment lang zu; dann blickte sie wieder zu den Verletzten auf dem Flugfeld: Nur hundert Meter entfernt und sie ließen den Arzt nicht zu ihnen. Sie wich ein paar Schritte zurück und begann zu fotografieren.

Bald darauf saß sie an ihrem Schreibtisch in der Redaktion und hämmerte in die Tasten. »MP blockiert Rettungsarbeiten.«

***

Lauras Mann kam erst am nächsten Morgen nach Hause. »So vielen konnten wir nicht mehr helfen. Ich habe bis eben im OP gestanden.«

Trotz seiner Erschöpfung hatte Wilfried daran gedacht, die Zeitungen vom Kiosk mitzubringen. Laura starrte auf »ihre« Zeitung. »Katastrophe!«, stand in großen Lettern auf der Titelseite. »Drei italienische Kunstflieger abgestürzt.« Darunter Bilder, die sie in dem zerstörten Stadtteil aufgenommen hatte. Aber keines ihrer Fotos vom Flugfeld, kein Wort über die Behinderungen der Rettungsarbeiten durch die Militärpolizei.

Zweimal blätterte sie alle Seiten durch; dann rief sie den Redakteur zu Hause an. »Michael, was habt ihr mit meinem Artikel gemacht? Wieso habt ihr nur Agenturmeldungen ins Blatt genommen?«

Michael räusperte sich, aber er sagte nichts.

»Was ist los? Was wird hier gespielt?«

Schließlich antwortete Michael. »Wir bekamen Besuch gestern Abend. Wie alle Zeitungen aus der Region. Man hat uns um Vertraulichkeit … naja … gebeten.«

»Vertraulichkeit?« Laura explodierte. »Was ist vertraulich an einem Ereignis, bei dem es Dutzende Tote gegeben hat?«

Michael druckste immer noch herum. »Man möchte wohl vermeiden, dass es Spekulationen über die Absturzursache gibt.«

»Wer ist ‚man‘? Von wem hattest du gestern Besuch?«

»Die beiden trugen Uniformen. Geheimdienst. Deinen Artikel haben sie gleich mitgenommen.« Er seufzte vernehmlich.

»Schau an!« In Laura stieg eine heiße Welle empor. Mit zusammengekniffenen Augen starrte sie auf den Telefonhörer, bevor sie antwortete. »Das ist ja sehr interessant! Dann muss ich wohl einen neuen schreiben.«

»Laura! Was hast du vor?«

»Ich werde ihnen helfen, Spekulationen zu vermeiden. Gelernt ist gelernt.«

Während die Kinder und Wilfried frühstückten, saß Laura vor ihrer vollen Kaffeetasse und malte Flugzeuge auf ihre Papierserviette.

»Warum sind sie abgestürzt?«, murmelte sie. »Ich habe gesehen, wie eines explodiert ist. Aber war es wirklich nur eines – oder sind sie vorher zusammengestoßen?« Sie schloss die Augen, um sich das Bild zu vergegenwärtigen, doch es gelang ihr nicht. »Warum sonst wären sie explodiert?«

»Diese Flugschauen selber sind das Problem.« Wilfried presste die Lippen zusammen und langte nach den Brötchen. »Früher oder später musste so etwas passieren.«

Laura schüttelte den Kopf. »Da steckt noch etwas Anderes dahinter.«

Manni hob den Blick von seinem Marmeladenbrot. »Warum sind sie denn abgestürzt, Pappi?«

»Vielleicht ist etwas kaputtgegangen. Oder sie waren müde. Ein Unfall halt. Genau wie bei Autofahrern, nur viel schrecklicher.«

»Aber du sagst immer, nur Sonntagsfahrer machen Unfälle. Die Italiener sind keine Sonntagsflieger!«

»Noch weiß niemand, warum«, mischte Laura sich ein. »Aber ich werde es herausfinden.«

***

Laura fuhr in das Hotel, in dem die italienische Staffel wohnte.

Ein salopp gekleideter Mann diskutierte lautstark mit der Hotelsekretärin in der Portiersloge. Er war sehr bleich; an seiner Jeansjacke trug er einen Trauerflor. In sein Englisch flossen immer wieder italienische Satzbrocken ein; offensichtlich hatte er Schwierigkeiten, sich verständlich zu machen.

Laura schlenderte zum Kiosk neben dem Empfang. Im Vorbeigehen hörte sie, dass die Sekretärin von einem der toten Piloten sprach. Aber während sie dann in den Zeitschriften blätterte, verstand sie nichts von dem Gespräch; sie war zu weit entfernt.

Schließlich verließ die Sekretärin die Rezeption und kam kurz darauf mit einem Koch zurück. Die beiden Männer begannen eine minutenlange Unterhaltung auf Italienisch, deren Ergebnis der Koch leise übersetzte.

Laura ging an die Bar und bestellte einen Rotwein. Sie setzte sich an die Ecke, sodass der Koch an ihr vorbeigehen musste, um in die Küche zurückzukehren. Als er dann kam, glitt sie mit dem Glas in der Hand schwungvoll vom Barhocker. Sie rempelte ihn an und der Wein ergoss sich auf ihr Kostüm.

Laura fluchte.

Der Koch starrte sie einen Moment an. »*Scusi, Signora.* Bitte, kommen Sie mit in die Küche; ich werde mich um den Fleck kümmern.«

Sie bemühte sich, zuerst deutlich verärgert auszusehen. Dann lächelte sie. »Danke. Versuchen wir es.« Sie seufzte laut. »Ausgerechnet Rotwein.«

»Mit Salz geht der Fleck weg; Sie werden sehen.«

In der Küche ließ sie sich auf einem Klapphocker nieder. Der Koch kramte in einem Schrank und zog ein sauberes Geschirrtuch hervor.

»Ich heiße übrigens Laura Schreiner«, sagte sie, als er vor ihr in die Hocke ging. Da er sich daraufhin nicht gleichfalls vorstellte, fuhr sie fort: »Ich sah zufällig, wie Sie einem Landsmann als Übersetzer zu Hilfe kamen.«

Der Koch legte sich das Geschirrtuch auf die Knie. »Eigentlich kann die Sekretärin auch Italienisch, aber zurzeit ...« Er blickte kurz auf, dann löffelte er Salz auf den Fleck.

Laura war gespannt, wie er auf ihre nächsten Worte reagieren würde. »Das Unglück gestern hat alle sehr mitgenommen.«

Er nickte. »Warum musste das ausgerechnet uns passieren!«

»Ja, warum?«, echote Laura. »Mein kleiner Sohn sagt, die italienischen Kunstflieger seien besser als alle anderen.« Sie lächelte mütterlich-stolz. »Er kennt sich aus, wissen Sie, so klein, wie er ist.«

»Kinder sind klug; viel klüger als die Eltern.« Ein Lächeln überzog sein rundes Gesicht. »Ich habe auch einen kleinen Jungen; er ist vier.«

»Meiner ist schon neun. Aber seine Schwester ist vier. Sie geht in den katholischen Kindergarten; vielleicht kennt sie Ihren Sohn?«

Der Koch rieb mit dem Geschirrtuch auf dem eingesalzenen Fleck herum. »Bestimmt. Übrigens, ich heiße Tarcisio.«

Laura wertete das als Signal, dass sie sein Vertrauen gewonnen hatte, und kam auf die Flieger zurück. »Der Gast an der Rezeption trug einen Trauerflor; ist er ein Verwandter der abgestürzten Piloten?«

Tarcisio nickte, während er das Salz von ihrem Rock streifte. »*Sisi*; und er ist sehr zornig, weil man ihm die Hinterlassenschaften verweigert hat. Man habe die Piloten zum Schweigen gebracht, sagt er.«

»Die Mafia wagt sich an die Luftwaffe? Und dann so? Das glaube ich nicht«, behauptete Laura.

»Nicht die Mafia; die Mafia ist ein kleines Licht gegen die.«

Sie ließ einen Augenblick verstreichen, bevor sie die nächste Frage stellte. »Aber wer war es dann?«

Der Koch erhob sich und stellte das Salzfass neben den Herd. Er kniff die Augen zusammen, als er sie wieder ansah. »Warum fragen Sie das eigentlich alles?«

Laura zögerte. Einen Moment zu lange wohl, denn der Koch runzelte die Stirn.

»Interessiert uns das nicht alle?«

»Warum, Signora?« Der Koch kam einen Schritt näher und sah ihr eindringlich ins Gesicht.

»Sie haben mich neugierig gemacht«, wich sie erneut aus und lächelte.

»Sie lügen, Signora. Was machen Sie überhaupt hier im Hotel?«

Sie deutete auf ihren Rock. »Das haben Sie doch gesehen; ich wollte einen Wein trinken.«

Tarcisio brummte etwas Unverständliches und versenkte die Hände in den Schürzentaschen. »Dann tun Sie das jetzt; ich bin fertig. Der Rest wird in der Reinigung rausgehen.«

Laura erhob sich. »Ich bringen Ihnen heute Nachmittag die Rechnung.«

Der Barkeeper stellte ihr mit einem freundlichen »Auf Kosten des Hauses« ein neues Glas Wein auf die Theke. Sie trank und überlegte, was sie als Nächstes tun sollte.

Dann tauchten zwei Männer auf; der ältere in einer Uniform, die sie nicht identifizieren konnte. Der andere trug den leuchtendblauen Overall, den sie von Mannis Fotosammlung kannte. Sie sah genauer hin und entdeckte über dem Offiziersabzeichen auf der linken Brustseite das Symbol der *Frecce Tricolori*. Dann sah sie am Ärmel des anderen auch die italienische Flagge.

Kurz darauf ging die Hotelsekretärin an ihr vorbei in die Küche und kam mit dem Koch zurück. Während Tarcisio mit den beiden Männern sprach, blickte er mehrmals Laura an. Plötzlich war sie sicher, dass sie über sie redeten.

Während sie darüber nachdachte, was sie nun tun sollte, merkte sie, dass der im Overall immer wieder zu ihr herüber sah. Sie lächelte ihn an. Als er ihren Blick mit hochgezogenen Augenbrauen erwiderte, stand sie auf und ging zu ihnen hinüber. »Kann ich Ihnen helfen?«

»Was suchen Sie hier? Stoff für einen Artikel?«, fragte der Uniformierte in fließendem Deutsch.

Laura zögerte perplex.

»Man vergisst Sie nicht so leicht, *Signora*. Ich habe gestern gesehen, wie Sie mit dem Militärpolizisten stritten.«

»Das war gestern.« Laura sah dem Jüngeren in die Augen. »Sie haben mich angestarrt, nicht umgekehrt.« Sie wandte sich um und ging. Wenn sie dem Koch am Nachmittag die Rechnung von der Reinigung brachte, würde sie nach dem zornigen italienischen Hotelgast fragen, den sie am Empfang gesehen hatte.

***

Sie fuhr nach Hause, zog sich um und brachte den Rock in die Reinigung. Dann holte sie die Kinder aus der Schule und dem Kindergarten ab.

»Ich glaube, Ihre Tochter hat einen Verehrer«, erklärte die Erzieherin. »Luigis Vater hat sich nach Ihrer Adresse erkundigt.«

»Wer ist das denn, Luigis Vater?«

Die Erzieherin zuckte die Schultern. »Es ist das erste Mal, dass er den Jungen abgeholt hat. Sonst kommt immer die Großmutter.«

»Pizza kann man von Luigis Vater lernen«, mischte sich Nina ein. »Und Spaghetti natürlich.«

Laura konnte nicht glauben, dass es ein Zufall war; das musste Tarcisio sein. »Hast du mit Luigis Vater geredet?«, fragte sie ihre Tochter. »Habt ihr euch verabredet?«

Nina schüttelte den Kopf und schielte zu Manni. »Kleine Jungs sind doch doof.«

Während sie mit den Kindern nach Hause fuhr, fragte sie sich, wieso der Hotelkoch ausgerechnet heute seinen Sohn abgeholt hatte.

Sie setzte sie ab und klingelte bei der Nachbarin: »Frau Breiner, ich muss noch mal für eine halbe Stunde weg. Wilfried sollte eigentlich gleich kommen; aber würden Sie Nina und Manni so lange Gesellschaft leisten?«

Täuschte sich Laura oder wurde Tarcisio tatsächlich blass, als sie zehn Minuten später vor der Hotelküche stand? »Habe ich Sie auf meine Kleine neugierig gemacht? Die Erzieherin sagte, Sie hätten Ihren Sohn noch nie selbst abgeholt.«

»Die *Nonna* ist krank«, antwortete er schroff. »Was wollen Sie, Signora?«

»Ich bringe Ihnen die Rechnung von der Reinigung.«

Wortlos nahm er sie entgegen und kramte mit zusammengekniffenen Lippen in seiner Hosentasche nach dem Geld. Er hatte offensichtlich nicht die Absicht, mit ihr zu reden.

An der Rezeption erkundigte sie sich nach dem verärgerten italienischen Zivilisten, aber er war nicht da. Und die Hotelsekretärin hatte ihre Schicht beendet. Laura ärgerte sich. Sie hätte gleich mit ihm reden sollen, statt sich von den beiden Soldaten verscheuchen zu lassen.

Eine Ambulanz und zwei Polizeiautos schreckten sie auf dem Heimweg mit ihren Sirenen aus den Gedanken. Laura bremste an der Einmündung in ihre Straße, um sie vorbeizulassen. Doch sie bogen ab und stoppten dann vor ihrem Haus.

Laura erschrak und gab Gas. Hinter dem zweiten Polizeiwagen hielt sie mitten auf der Fahrbahn und klappte die Sonnenblende mit dem Presseschild herab. Als sie auf das Haus zulief, stellte sich ein Polizist in den Weg.

Sie bemühte sich, freundlich zu bleiben. »Lassen Sie mich durch; ich wohne hier.«

»Können Sie sich ausweisen?«

Das hatten wir gestern schon mal, dachte sie und zwängte sich an ihm vorbei. Bevor er sie festhalten konnte, rannte sie die Treppen hoch. Stimmen drangen von oben und dann kam ihr ein Feuerwehrmann entgegen.

»Was ist hier los?« Ihre Kehle wurde eng.

Zwei Sanitäter folgten ihm mit einer Trage; dahinter ein dritter mit einer Infusionsflasche. Sie blickte in das zerschundene Gesicht von Frau Breiner. Ihre Bluse war blutverschmiert.

Laura schluckte; sie nahm drei Stufen auf einmal, als sie weiterlief.

Vor ihrer Wohnung standen zwei Polizisten neben der geöffneten Tür. Wilfried lehnte in der Diele an der Wand.

Laura tat einen Schritt auf ihn zu. »Wo sind die Kinder?« Ihre Stimme war plötzlich nur noch ein Krächzen.

»Fort!« Wilfrieds Augen verdunkelten sich und er zog sie in seine Arme.

»Man hat Ihre Kinder entführt«, sagte eine rauchige Frauenstimme.

Laura drehte sich um. Aus dem Wohnzimmer kam eine junge Kommissarin, die sie von einem Interview kannte.

Wilfried hielt sie ganz fest. »Als ich nach Hause kam, habe ich Frau Breiner gefunden.«

»Und das hier.« Die Polizistin hielt Laura ein Blatt Papier entgegen. »Können Sie uns sagen, was es bedeutet?«

Mit bebenden Händen nahm Laura den Zettel. »Lassen Sie Ihre Finger weg, wenn Sie die Kinder wiedersehen wollen.«

»Liebling, was meinen die?« Wilfried ließ sie los und umfasste ihr Gesicht.

»Was ist mit Frau Breiner?«

»Ich fürchte ...« Er biss sich auf die Lippen und sah ihr prüfend in die Augen. »In was bist du da hineingetappt?«

»Das klingt wie aus einem billigen Mafia-Film, aber wir sollten es ernst nehmen«, sagte die Polizistin.

Die Worte des Kochs fielen Laura ein: Nicht die Mafia. Sie schüttelte den Kopf. Sollte sie erzählen, was sie vermutete? »Was sollen wir tun?«, fragte sie stattdessen.

Die Polizistin zuckte die Schultern. »Wenn Sie uns keinen Anhaltspunkt geben, können wir nur abwarten.«

Nachdem die Spurensicherung mit ihrer Arbeit fertig war, ließ man sie allein.

»Ich bin sicher, du weißt, was das bedeutet.« Wilfrieds Augen waren schmal vor Zorn und Laura fragte sich einen Augenblick, wem der galt.

Sie berichtete ihm von dem Hotelkoch und ihrem Gespräch mit den beiden italienischen Offizieren.

»Also tatsächlich die Mafia?« Wilfrieds Stimme klang sarkastisch. »Sie werden mehr wollen, als dass du deine Nase raushältst.«

Sie flüsterte unwillkürlich. »Die Mafia ist ein kleines Licht gegen die, hat Tarcisio heute Morgen gesagt.«

Minutenlang saßen sie schweigend in der hereinbrechenden Dämmerung. Schließlich stand Laura auf und schaltete das Licht ein. »Ich fahre ins Hotel. Der Koch weiß Bescheid.« Sie biss die Zähne zusammen, dass sie knirschten.

»Ich komme mit.« Wilfried zerrte an seinem Hemdkragen und sah sie bittend an.

»Und wenn sie anrufen?«

Er senkte den Kopf. Wilfried tat ihr leid; aber auch sie ertrug es nicht, einfach nur dazusitzen und zu warten. Der Koch würde gewiss nicht reden, doch sie konnte sich wenigstens einbilden, sie täte etwas Sinnvolles.

»Ich habe Sie erwartet, Signora«, rief Tarcisio ihr entgegen, als sie bald darauf am Lieferanteneingang durch die Schwingtür in die Hotelküche spähte.

Der Koch warf einen Blick auf die beiden Küchenmädchen, legte das große Wiegemesser neben einen Bund Petersilie und kam auf sie zu. Er schaute auf seine Hände – sie zitterten –, wischte sie dann an der Schürze ab und steckte die rechte in die Hosentasche, während er Laura mit der linken zurück ins Freie drängte.

»Wir wussten, dass Sie kommen«, flüsterte er.

»Wer?«, fragte Laura ebenso leise. »Sagen Sie es mir.«

Tarcisio zog einen Umschlag hervor und hielt ihn ihr hin. »Ich weiß es nicht. Ich weiß gar nichts.«

»Natürlich nicht.« Laura wurde zornig und fauchte ihn

an. »Nur unsere Adresse kennen Sie. Wem haben Sie die gegeben?«

Er ergriff ihre Hand und legte den Brief hinein. »Seien Sie still.« Dann ging er zurück, drehte sich aber noch einmal um. »Sie können es sich doch denken.«

Sie starrte ihm hinterher, bis die Tür aufhörte zu schwingen. »So ungefähr, ja«, flüsterte sie.

Als sie im Licht der nächsten Straßenlampe den Brief auseinander faltete, fröstelte sie. »Übermorgen bekommen Sie die Kinder zurück, falls wir von der RICHTIGEN Absturzursache lesen.«

Eine Gänsehaut kroch ihr die Beine hoch. »Und welche ist das?«, fragte sie laut in die Nacht.

Sie sah auf die Uhr; eigentlich war es entschieden zu spät, nach einem Hotelgast zu fragen. Aber morgen wäre vielleicht niemand mehr da.

Zehn Minuten später saß Laura mit dem Italiener in einem Biergarten zwei Straßen vom Hotel entfernt. Sein Englisch war miserabel, ihr Italienisch bestand aus Urlaubs-Kauderwelsch. Aber er hatte einen Schreibblock mitgebracht und konnte gut zeichnen. Zuerst malte er die *Frecce Tricolori* auf: neun Flugzeuge in Formation und eines, das ihnen entgegenflog; dazu »Marco«. Sie begriff, dass dies der Solo-Flieger gewesen war.

Auf dem nächsten Bild stieß der Solist mit einer Maschine der Formation zusammen, aber er strich es sofort durch. *»Impossibile«*, sagte er. Soweit sie ihn verstand, wäre der niemals auf Kollisionskurs geblieben; man habe ihn ermordet.

Laura versuchte wieder, sich zu erinnern: Hatte es vor der Explosion oder danach den Zusammenstoß in der Luft gegeben?

»Warum?«, fragte sie.

Er zeichnete den italienischen Stiefel, Sizilien und nördlich davon eine Reihe Pünktchen; über eines schrieb er »Ustica«. Daneben ein großes Flugzeug, das seine Nase ins Meer tauchte, und dazu »DC 9 – 1980«.

Laura wusste, dass eine der Inseln dort Ustica hieß. »Das Flugzeug ist abgestürzt?«, vergewisserte sie sich. Sie konnte sich nicht erinnern, ob sie damals davon gelesen hatte. Es gab so viele Unfälle.

Er schüttelte den Kopf, zeichnete ein großes Schiff, von dem Flugzeuge starteten, und eines, das auf die abstürzende Maschine schoss.

»Das glaub ich nicht«, entfuhr es Laura auf Deutsch.

Er konnte sie nicht verstanden haben. Aber er deutete wohl ihren Tonfall oder ihren Gesichtsausdruck richtig, denn er schüttelte wieder den Kopf. Dann malte er ein kleines Flugzeug dazu, neben das er den Namen eines der Piloten schrieb. Und auch den Namen eines zweiten der toten *Frecce*-Piloten. Sie wären also beide dort gewesen und hatten alles gesehen.

Laura knabberte an ihrem Daumennagel und überlegte eine Weile. »Wenn man Zeugen beseitigen wollte, warum erst jetzt? Warum erst nach acht Jahren?«

Er verstand sie nicht. Sie schrieb »1988« auf die Skizze mit den Kunstfliegern und dahinter ein Fragezeichen. Dann deutete sie auf die Jahreszahl neben Ustica.

Er holte tief Luft und begann wieder auf Englisch. Dann schüttelte er den Kopf und wechselte ins Italienische. Er sprach ganz langsam: »Ein Termin; nächste Woche beim Richter. Sie wollten erzählen.«

»Und darum hat man sie jetzt ermordet?« Laura kniff die Augen zusammen. Sie konnte seine Geschichte nicht recht glauben; aber Nina und Manni waren entführt worden. Es musste wohl etwas Wahres dran sein. »Wer sind die? Der CIA oder Italiener?«

Er trank sein Glas leer und stand auf. »Sie sind gefährlich. Warum fragen Sie das alles?«

»Sie haben meine Kinder.«

Für einen Augenblick sah er sie entsetzt an; dann legte er seine Hände auf ihre Schultern. »*Signora*, die Piloten sind tot. Und andere Zeugen auch. Tun Sie, was die wollen.«

Er drehte sich um und ging davon.

***

Wilfried riss die Tür auf, kaum dass sie den Schlüssel ins Schloss gesteckt hatte. »Mein Gott, wo warst du so lange? Konntest du mich nicht anrufen?« Sein Gesicht war fahl und die Augen glänzten feucht. »Frau Breiner ist gestorben.« Er nahm sie in die Arme und zog sie in die Wohnung.

Sie fühlte sich elend. Und auch schuldig, denn sie hatte nicht mehr daran gedacht, dass er sich sorgen musste. »Ich habe versucht herauszufinden, wer unsere Kinder hat.« Laura sank auf das Flurschränkchen und rieb sich die brennenden Augen.

»Und?«

»Ich weiß es nicht wirklich. Aber ich weiß wohl, was dahinter steckt.« Sie fühlte sich sterbensmüde. »Es ist ein Komplott.« Erschöpft lehnte sie sich an ihn. »Und ich werde jetzt ein Teil davon.«

Seine Schultern spannten sich unter ihren Händen und er hielt die Luft an.

Laura schloss die Augen, bevor sie weitersprach. »Ich muss ihre Lügen verbreiten, damit wir unsere Kinder zurückbekommen.«

***

Wilfried hatte seine Arme auf ihre Schultern gelegt, als Laura am Morgen an ihrer Schreibmaschine saß, und las mit, was sie tippte. »Absturz wegen Pilotenfehler ...«

Er wischte ihr mit einer Hand die Tränen aus dem Gesicht: »Du kannst jederzeit einen neuen Artikel schreiben.«

Laura zog das Blatt mit einem Ruck aus der Maschine. »Sie würden uns immer finden.«

ENDE

Wenn Ihnen diese Kurzgeschichte gefallen hat, empfehlen Sie sie bitte weiter. Empfehlungen und Rezensionen helfen anderen, lesenswerte Bücher zu finden.

Abonnieren Sie meinen Newsletter:
http://eepurl.com/Ub86b

Über die Autorin:

Annemarie Nikolaus, gebürtige Hessin, hat zwanzig Jahre in Norditalien gelebt. 2010 ist sie mit ihrer Tochter in die Auvergne in Frankreich gezogen.

Sie hat Psychologie, Publizistik, Politik und Geschichte studiert und war u.a. als Psychotherapeutin, Politikberaterin, Journalistin, Lektorin und Übersetzerin tätig.

Anfang 2001 hat sie mit dem literarischen Schreiben begonnen. Mittlerweile schreibt sie in verschiedenen Genres; vom historischen Roman über Fantasy bis zu Liebesgeschichten.

Die Biografie im Wikipedia: http://bit.ly/r0mwoC

Sie können ihre Arbeit auf Pa**treon** unterstützen:
www.patreon.com/AnnemarieNikolaus

Blog: http://annes-werke.blogspot.fr/
Facebook: http://on.fb.me/JLAN6J
Twitter: http://twitter.com/AnneNikolaus

Veröffentlichungen:

Romane und Erzählungen:

Königliche Republik. Historischer Roman. ISBN 9782902412471

Bitterer Wein. Reihe »Médoc« Kriminalroman. ISBN 9782493398017

Haus zu verkaufen. Familiendrama. ISBN 9782902412983

Magische Geschichten. Kurzgeschichten für Kinder. ISBN 9782902412488

Die Piratin. Fantasy-Roman. Reihe *»Drachenwelt«.* ISBN 9782902412495

Das Feuerpferd. Fantasy-Roman. ISBN 9782902412501

Die Enkelin. Liebesroman. Reihe *»Quick, quick, slow – Tanzclub Lietzensee«.* ISBN 9782493398093

Flirt mit einem Star. Liebesroman. Reihe *»Quick, quick, slow – Tanzclub Lietzensee«.* ISBN 9782493398109

Zurück aufs Parkett. Eheroman. Reihe *»Quick, quick, slow – Tanzclub Lietzensee«.* ISBN 9782493398116

Verjährt. Historische Krimi-Kurzgeschichten. ISBN 978-9782902412549

Ustica. Ein Mini-Thriller. ISBN 9782902412556 TB mit Gutschein für das E-Book.

Tot. Krimi-Kurzgeschichten. ISBN 9782902412587

Leuchtende Hoffnung – Adventskalender. Bebilderter Science Fiction-Roman. ISBN 9782902412563

Sachbücher:

Aquitanien: Das Ende eines Krieges. Reihe »*Am Rande des Weges ...*« ISBN 9782902412570

Suche Reisebegleitung. Reihe »Fliegende Blätter« ISBN 9781499608427.

Junge Welten. Reihe »*Fliegende Blätter*« ISBN 978500971991

9 782902 412556